Sommaire

EPISODE—

6

Nous venons de recevoir plus de détails de la part de notre client concernant le projet de diversification des cibles de leurs produits cosmétiques.
Il semblerait que la révision du dossier s'accompagne d'un plan d'expansion commerciale.
Et que donne le marché ?
C'est compilé de manière simple à la page suivante.
Comme vous pouvez le voir, leur liste regroupe des grands magasins, des drugstores ou encore des sites de vente en ligne.
Mais, comme cette fois-ci leurs principaux produits seront du maquillage de base...

MATSUDA, VA DEMANDER AUX CHEFS DE QUOI ILS PARLAIENT TOUT À L'HEURE.
POUR-QUOI MOI ?
TU N'AS PAS ENVIE DE SAVOIR ?
BIEN SÛR QUE SI, MAIS...
JE NE PEUX PAS FAIRE ÇA.
Pourquoi ?
M. KAJI.

BEAU TRAVAIL.
QUOI ?
DE QUOI PARLIEZ-VOUS, AVEC M. KAMIYA ?
DEMANDE ÇA À TON CHEF.
SI JE LE LUI DEMANDE, JE VAIS PASSER POUR UN IDIOT.
ALORS NE ME LE DEMANDE PAS NON PLUS.
AVEC VOUS, JE N'AI PAS CE SENTI-MENT-LÀ.
POUR QUI TU ME PRENDS ?
MAIS VOUS VOUS ENTENDEZ PLUTÔT BIEN AVEC M. KAMIYA.
JE VOUS PENSAIS POURTANT EN MAUVAIS TERMES.

?
TU ES UN CRÉTIN, NON ?
HEIN ?
営業第二部
Corporate Sales Division II

C'est quoi du maquillage de base ?
COMMENT A-T-IL PU RÉUSSIR À SE MARIER ?

TCHAC
PAR ICI, M. KAJI.
AH !
FLAP
FLAP

JE...
JE SUIS NAVRÉE !

PARDON.
JE VOUS AI RATTRAPÉE SANS RÉFLÉCHIR.
JE SUIS NAVRÉE ! PARDON !
MAIS CE N'EST PAS GRAVE.
M. KAMIYA, UN CLIENT POUR VOUS !

MERCI, MONSIEUR !
BON TRAVAIL.
M. KAMIYA, UN INSTANT.
IL SEMBLERAIT QUE NOUS ALLONS BIENTÔT AVOIR UN AUDIT.
!
ÇA TOMBE MAL, ON EST DÉJÀ TRÈS OCCUPÉS... QUI SERA CONTRÔLÉ ?
NOUS DEVRIONS LE SAVOIR AU PLUS TARD EN DÉBUT DE SEMAINE PROCHAINE.
FAITES EN SORTE QUE LES DOSSIERS DE CHAQUE ÉQUIPE SOIENT EN ORDRE JUSQU'AU MOINDRE DÉTAIL.
KAMIYA, VOUS NE DEVIEZ PAS ÊTRE EN FORMATION LA SEMAINE PROCHAINE ?
C'EST EXACT. JE ME DÉ-BROUILLERAI.
VOUS ALLEZ TRAVAILLER CE WEEK-END ?
ON DIRAIT BIEN.
Et merde...

Kamiya ?
Ça faisait longtemps !
Tiens, Nagano. Ça faisait longtemps. Où travailles-tu maintenant ?
Au département investigations. Je reviens de congé maternité.
Félicitations.

* NdT : au Japon il est possible de prendre un congé paternité de 12 mois au 3ème enfant.

AU PLAISIR DE RETRAVAILLER ENSEMBLE.
DE MÊME.
BZZZ
PARDON.
MAIS JE T'EN PRIE.
UN PROBLÈME ?
NON, RIEN DE GRAVE.
JE DOIS RETOURNER AU BUREAU.
À BIENTÔT.
À BIENTÔT.

Shiho
Désolée de te déranger en plein travail. Je voulais
attendre, mais je me suis dit qu'il valait mieux que je
nnonce au plus vite.
SHIHO ?

MERCI POUR TOUT À L'HEURE, M. AÏDA !
QUAND ON PARLE DU LOUP...
VOTRE FEMME A BIEN DE LA CHANCE D'AVOIR UN MARI AUSSI PRÉVENANT QUE VOUS.
LE COUP CLASSIQUE.
VRAIMENT ? POURTANT ÇA NE VA PAS BIEN ENTRE NOUS EN CE MOMENT.

À DIRE VRAI, JE N'AI MÊME PAS ENVIE DE RENTRER CHEZ MOI.
ON NE SE PARLE MÊME PLUS.
NE DITES PAS ÇA, VOYONS !
QUE DIRIEZ-VOUS...
D'ALLER BOIRE UN VERRE ENSEMBLE ? NOUS POURRIONS EN DISCUTER.
VRAIMENT ? MERCI.
VOUS AVEZ UN RESTAURANT PARTICULIER EN TÊTE ?
JE N'AI AUCUNE PRÉFÉ-RENCE !
J'AI UN AMI QUI TIENT UN RESTAURANT, ÇA VOUS DIT D'ALLER LÀ-BAS ?
C'EST MERVEILLEUX ! J'IRAIS VOLONTIERS !
C'EST DÉCIDÉ, ALORS. QUAND ?

BAM
AH !
M. AÏDA !
OH, PARDON.
TOUT VA BIEN ?
OUI...
AH...
M..
M. KAMIYA...

AH, MAIS VOUS ÊTES...
LE MARI DE NAGANO.
C'EST EXACT...
VOUS ALLEZ BIEN ?
OUI, CE N'EST RIEN DE GRAVE.
SI VOUS VOULEZ M'EXCUSER.

PASSEZ LE BONJOUR À NAGANO DE MA PART.
ON NE DRAGUE PAS DANS SA PROPRE ENTRE-PRISE...
Mais bon, je peux parler...

!
TU M'AS FAIT PEUR !
*Les meilleurs produits de beauté
......
TU TE DOCUMENTES ?
OUI, VU QUE TU T'ES FICHU DE MOI.
NON, JE ME SUIS SIMPLEMENT DIT QUE TU NE T'Y INTÉRESSAIS PAS.
TU T'ES FICHU DE MOI.
ARRÊTE DE ME CHER-CHER.
BIP
Voici le bulletin météo.

KAMIYA ?

MA SŒUR M'A ANNONCÉ QU'ELLE VA DIVORCER.
TU AS UNE SŒUR ?
C'EST ÇA QUI T'ÉTONNE ?

COMME JE SUIS HOMO-SEXUEL...
J'AI ÉTÉ SOULAGÉ QU'ELLE SE MARIE ET FONDE UNE FAMILLE.
NE T'INQUIÈTE PAS, LES FEMMES SE REMETTENT VITE DE LEUR SÉPARATION.

TU PARLAIS DE TA FEMME ?
NON, DES FEMMES EN GÉNÉRAL.
ET QUELLE EST TON HISTOIRE À TOI ?
QUE VEUX-TU SAVOIR ?
TU L'AS TROMPÉE ? TU AS CONTRACTÉ DES DETTES ? TU LA FRAPPAIS ? TU ÉTAIS UN FILS À MAMAN ?
TU CROIS QUE J'AURAIS FAIT TOUT ÇA EN MÊME TEMPS ?
CE SONT DES CAUSES POSSIBLES DE DIVORCE.

J'AI DIVORCÉ POUR UNE RAISON COMPLÈTEMENT NULLE.
JE VAIS TE DIRE LES DERNIÈRES PAROLES QU'ELLE M'A DITES AU TÉLÉPHONE.
«Bon à rien.»

EPISODE—
7

PFFF...
HA あはは HA HA
TU ES IMPAYABLE !
TU N'AVAIS PAS À M'EN DIRE AUTANT.
ET ?
QUE LUI AS-TU RÉPONDU ?

RIEN DU TOUT.
Trop de réponses se bousculaient dans ma tête.
HA HA HA HA HA HA
NE RIGOLE PAS !
TON EX-FEMME ÉTAIT HÔTESSE DE L'AIR, NON ? QUEL DOMMAGE.
DOMMAGE ?

LES HOMMES FANTASMENT SUR LES HÔTESSES DE L'AIR.
MÊME SI, MOI...
JE PRÉFÉRERAIS PLUTÔT UN BEAU PILOTE.
HÉ !
JE VAIS ÊTRE CLAIR.
HA !
QU'EST-CE QUE TU FAIS ?
.....

TIENS...
PAS LA PEINE.
JE VAIS ME CHANGER.

CRIC
TU NE ME FAIS PAS L'IMPRESSION D'ÊTRE UN BON À RIEN.

ELLE NE PARLAIT PAS DANS CE SENS-LÀ.
ALORS EXPLIQUE-MOI DANS QUEL SENS C'ÉTAIT.
PAS QUESTION.
JE REFUSE QUE TU TE METTES À PENSER COMME ELLE.

BZZZ
Mediator
Un message de Hiro :
Enchanté !Tu aimes le tennis, on dirait.Si on allait manger ensemble ?
AH...
JE M'ÉTAIS INSCRIT À UN SITE DE RENCONTRE ?
IL EST PAS MAL.

Le bloquer ?
Oui
Non

銀行
PFFF.
ドサッ
TAC

M. MATSUDA, NOUS AVONS APPORTÉ TOUS LES DOSSIERS ADMINISTRATIFS.
IL SUFFIT DE LES PHOTOCOPIER ?
S'IL VOUS PLAÎT. VÉRIFIEZ AUSSI S'IL MANQUE DES DOCUMENTS AU PASSAGE.
QUAND NOUS AURONS REÇU LA LISTE DES DOCUMENTS LA SEMAINE PROCHAINE, JE VOUS DEMANDERAI D'AJOUTER CE QUI EST DEMANDÉ.
ENTENDU.
DÉSOLÉ DE VOUS FAIRE TRAVAILLER UN SAMEDI.
AUCUN PROBLÈME !
C'est un audit, après tout.
MATSUDA !
OUI ?
A4 PAPER
A4 PAPER
BIP
BZZZZ
C'EST BIEN VRAI, DIS DONC.
QUOI DONC ?

QUAND ON TRAVAILLE LES JOURS DE CONGÉ...
ON VOIT COMMENT SONT NOS COLLÈGUES SANS COSTUME, PLUS DE MAGIE.
C'EST VRAI...
IL RESTE PAS MAL.
IL A PERDU TOUT SON CHARME..
LÀ, C'EST LIMITE.
AH NON, LUI N'A PLUS AUCUN CHARME !
MAIS EN FIN DE COMPTE...
IL N'Y A PAS DE SECRET, IL FAUT QUE L'HOMME AIT DU CHARME DÈS LE DÉPART.

KAMIYA.
BONJOUR, MIYAGAWA.
ÇA BOSSE DUR.
TOI AUSSI. TU VOULAIS QUELQUE CHOSE ?
DANS QUELLE SESSION DE FORMATION SERAS-TU ? LA A, LA B, LA C ?
LA A.
ET ZUT, ON EST DANS LA MÊME SESSION. SI TU AVAIS ÉTÉ DANS LA B, JE T'AURAIS DEMANDÉ D'ÉCHANGER NOS JOURNÉES.
TU CONNAIS QUELQU'UN QUI EST DANS LA SESSION B ?
JE NE SAIS PAS. ET NISHIYAMA, DE LA SECTION 10 ?
IL EST DANS LA SESSION C.
TU SAIS À QUI D'AUTRE JE POURRAIS DEMANDER ?
QUI D'AUTRE ?
AH
JE MANGE AVEC KAJI CE MIDI, JE LUI DEMANDERAI.
FLAP
FLAP

.....
JE SUIS ÉTONNÉ DE VOIR QU'IL NE SAIT PAS GARDER UN SECRET.
HEIN ? DE QUOI TU PARLES ?
BAH
PEU IMPORTE.
KAJI N'A RIEN DIT. J'AI ENTENDU PAR HASARD UNE CONVERSATION TÉLÉPHONIQUE ENTRE VOUS DEUX.
Ne te fâche pas.
PEU IMPORTE, TE DIS-JE.

JE L'AI DÉJÀ DIT À KAJI, MAIS...
JE SAIS.
ON SE CONNAÎT DEPUIS LONGTEMPS, TOI ET MOI.
C'EST VRAI.

ON SE VOIT, DEMAIN ?
NON, DEMAIN EST RÉSERVÉ À LA FAMILLE.
JE DOIS VOIR MA SŒUR.
JE VOIS.
JE VAIS LUI REMONTER LE MORAL EN LUI PARLANT DE TON HISTOIRE.
ÇA NE LUI SERVIRA À RIEN.
MAIS JE PEUX LUI PRÉSENTER PLUSIEURS AVOCATS, SI ELLE EN A BESOIN.
MERCI.

AU FAIT...
TU AS PARLÉ À MIYAGAWA.
PFIOUT
ブッ
KOF
ゲホ
KOF
ゴホ
IL VA ME LE PAYER..
ET TOI, QUI RECUEILLES TOUS LES JOURS DES INFORMATIONS INTERNES, TU T'ES DÉBROUILLÉ COMME UN MANCHE QUESTION CONFIDENTIALITÉ..
JE N'AI PAS VRAIMENT PARLÉ.
JE PLAISANTE.

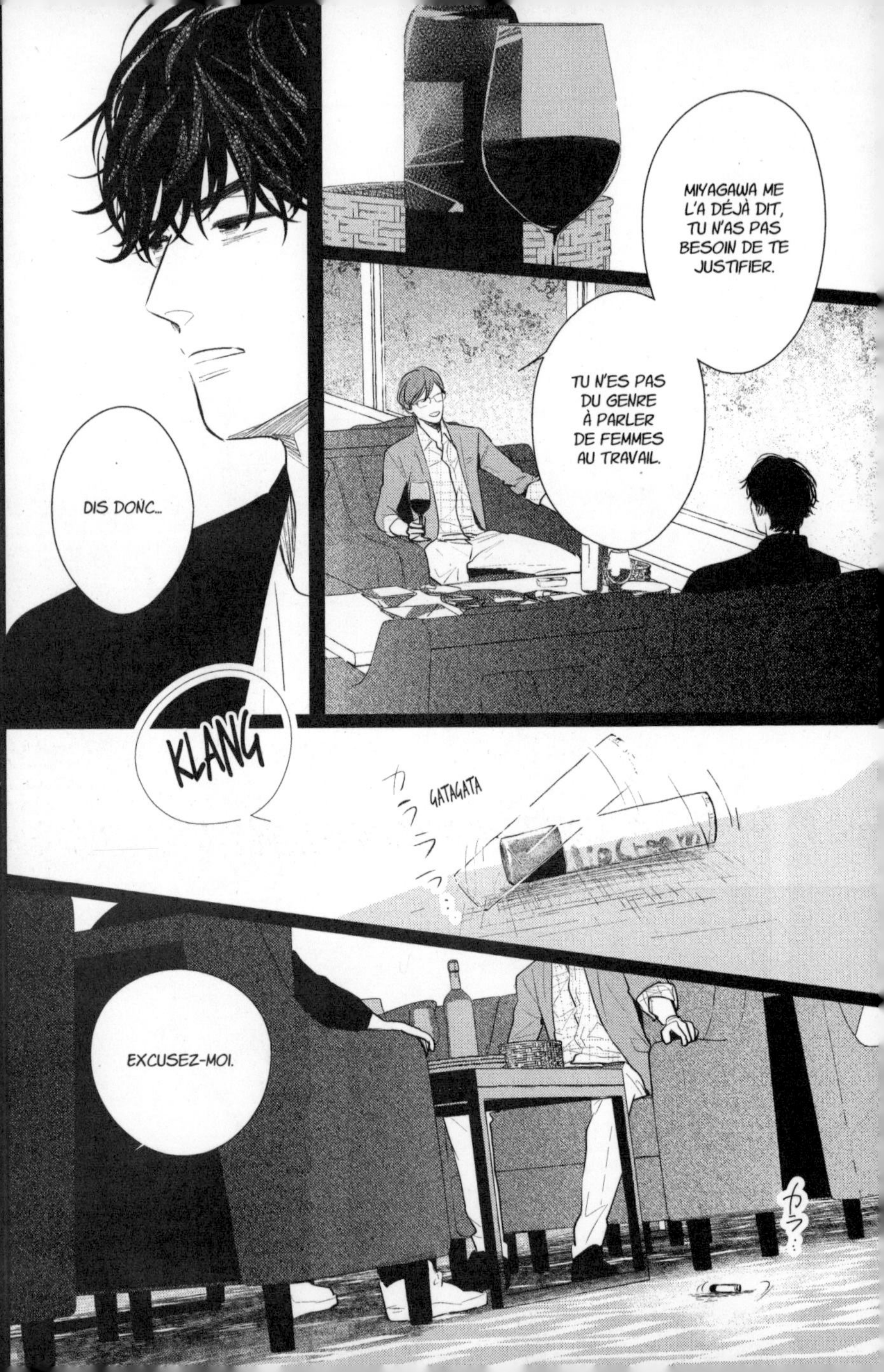
MIYAGAWA ME L'A DÉJÀ DIT, TU N'AS PAS BESOIN DE TE JUSTIFIER.
TU N'ES PAS DU GENRE À PARLER DE FEMMES AU TRAVAIL.
DIS DONC...
KLANG
GATAGATA
カララ…
カラ…
EXCUSEZ-MOI.

JE SUIS DÉSOLÉE !
TENEZ.
MERCI BEAUCOUP.
JE VOUS EN PRIE.

C'EST UN ENDROIT OÙ LES HOMMES PEUVENT SE RETROUVER, ICI ?
DIS DONC, QU'EST-CE QUE TU RACONTES !
C'EST N'IMPORTE QUOI !
C'EST VRAI, QUOI. SEULS LES COUPLES VIENNENT ICI.

CLAC
ガタッ
HÉ !
LAISSE TOMBER.
EXCUSEZ-MOI.

DE LA PART DES CLIENTS DERRIÈRE VOUS.
PARDON D'AVOIR GÂCHÉ L'AMBIANCE.
VOULEZ-VOUS CHANGER DE PLACE ?
NON, ÇA IRA, MERCI.
QUELLE CLASSE, DIS-MOI.

TU VAS PASSER TON TEMPS À T'ÉNERVER ?
VOILÀ CE QUI ARRIVE...
QUAND ON EST EN COUPLE AVEC MOI.
ÇA NE ME PLAÎT PAS.
HÉ !

JE SUIS...
DÉSOLÉE QUE MON COMPAGNON AIT ÉTÉ IMPOLI AVEC VOUS !
MAIS CE N'EST PAS MON PETIT AMI.
NOUS NOUS SOMMES RENCONTRÉS SUR UN SITE ET C'EST NOTRE PREMIER RENDEZ-VOUS.
JE VOULAIS JUSTEMENT RENTRER PARCE QU'IL NE CORRESPONDAIT PAS DU TOUT À SA PHOTO.
J'AURAIS DÛ RENTRER CHEZ MOI PLUS VITE. JE SUIS DÉSOLÉE.
PFFF
PFFF

CE N'EST...
CLAC
SALOPE !
NE T'EMBALLE PAS, BOUDIN !

DIS...

NOUS SOMMES VENUS ICI EN COUPLE.
TU N'AS PAS QUELQUE CHOSE À DIRE ?
JE...
JE SUIS DÉSOLÉ...

LE PATRON DU CAFÉ, ÉTAIT PLUTÔT BEL HOMME.

J'AIME LES CHEVEUX COURTS.

IL N'Y A QU'EN MATIÈRE D'HOMMES QUE TU NE RÉFLÉCHIS PAS.
NE TE BATS PAS AVEC UN CRÉTIN À LA MOINDRE PROVOCATION. NOUS NE SOMMES PLUS DES GAMINS.
LES BANQUIERS VENDENT GRÂCE À LA CONFIANCE QU'ILS INSPIRENT. SOIS CONSCIENT DE TON STATUT.

KAMIYA, C'EST TOI QUI NE TE RENDS COMPTE DE RIEN.
QUOI ?
J'AI DÉCIDÉ D'ARRÊTER DE TOUT SACRIFIER POUR LE TRAVAIL.

JE VOIS.
FONCTIONNER DIFFÉREMMENT PEUT TE MENER À TA PERTE.

EPISODE— 8

FONCTIONNER DIFFÉREMMENT ?
DE QUOI TU PARLES ? TU COMPTES ENCORE TE DÉFILER ?
À QUOI CELA TE SERT-IL DE TE TROUVER SANS ARRÊT DES EXCUSES ?
HÉ, KAMIYA !

STOP
ピタ
TU M'ENTENDS, KAMI...
PAF
!?
CHUT !
TAIS-TOI !
QUOI ?
REGARDE.
hotel

C'EST TANIGUCHI, NON ?
TANI-GUCHI ?
CRÉTIN, LE CHEF DE SECTION DE CHIMIE COMPLÈTE-MENT NUL DE LA SOCIÉTÉ NS.
Le bon à rien.
Crétin ?!
AH, JE ME SOUVIENS ET ALORS, QUOI ?
TU AS VU CETTE VOITURE ?
SA VOITURE EST BELLE, C'EST VRAI.
C'EST BIZARRE.
HEIN ?
C'EST LE CHEF DE SECTION D'UNE GROSSE BOÎTE DE L'INDUSTRIE CHIMIQUE. IL DOIT AVOIR UN BON SALAIRE.
Et puis, c'est peut-être une voiture de seconde main.
OU BIEN, IL VIENT PEUT-ÊTRE D'UNE FAMILLE AISÉE.
PEUT-ÊTRE...

DANS TOUS LES CAS, ON N'EST PAS DU BUREAU DES IMPÔTS. ÇA NE NOUS REGARDE PAS.
ON RENTRE.
HUM.
C'EST VRAIMENT ÉTRANGE.
QUOI DONC ?
IL A PORTÉ PENDANT DES ANNÉES UNE MONTRE BON MARCHÉ.
JE TROUVE PLUTÔT LOUCHE DE LE VOIR AVEC UNE VOITURE DE LUXE ET ENTRER DANS UN HÔTEL AUSSI CHER.
ET À QUOI ÇA TE SERVIRAIT D'ENQUÊTER LÀ-DESSUS ?
JE TE L'AI DIT.
FONCTIONNER DIFFÉREMMENT PEUT TE MENER À TA PERTE.»

非常
TU N'AS PAS BESOIN DE VENIR AVEC MOI. RENTRE CHEZ TOI.
IL N'EN EST PAS QUESTION.
POURQUOI ?
IL FAIT SOMBRE ET C'EST DANGEREUX.
......

A1
A2
A3
A4
A6
A8
A9
A14
CLIC
JE VAIS T'EXPLIQUER POURQUOI...
JE N'ARRIVE PAS À M'ATTACHER À TOI.

J'AI L'IM-
PRESSION...
D'ÊTRE LE JOUET D'UN HOMME BOUFFI D'ORGUEIL.
EST-CE QUE JE T'AI DEMANDÉ DE ME PROTÉGER ?
J'AIME ME SENTIR AIMÉ, CERTES.
MAIS J'AI MES PROPRES MÉTHODES.
ALORS ARRÊTE D'ESSAYER DE M'IMPOSER LES TIENNES.

ÇA M'AGACE PROFONDÉMENT.
JE REGRETTE MAIS JE ME DOIS D'ÊTRE TRÈS FRANC AVEC TOI.
SUR CE, J'AI DES RECHERCHES À FAIRE...
BONNE SOIRÉE.

バサッ
FROU
ON VA
FAIRE
UN PARI.

C'EST PLUTÔT À MOI D'ÊTRE AGACÉ. TU T'ES SERVI DE MOI, JE TE LE RAPPELLE.
JE NE SUIS PEUT-ÊTRE PAS TRÈS SUBTIL, JE L'ADMETS. MAIS VU QUE JE SUIS IMPLIQUÉ, C'EST À MOI DE DÉCIDER DE RESTER OU PAS.
ET SI TU VEUX QUE JE TE CONSIDÈRE COMME UN ÉGAL, COMMENCE PAR NE PLUS TE DÉROBER.

QUELLES SONT LES CONDITIONS DU PARI ?
LE PREMIER QUI TROUVE CE QUI CLOCHE A GAGNÉ.
ON PARIE COMBIEN ?
NON, PAS D'ARGENT. QU'EST-CE QU'ON PARIE D'AUTRE ?
SI JE GAGNE, PENSE SÉRIEUSEMENT À NOTRE RELATION.
ET SI C'EST TOI QUI GAGNES...

NOUS N'AURONS PLUS QUE DES RELATIONS DE TRAVAIL.
ENTENDU.

JE NE TROUVE AUCUNE INCOHÉRENCE FINANCIÈRE. JE ME SUIS FAIT DES IDÉES ?
SI JE CHERCHE TROP DANS LES DÉTAILS...
JE RISQUE DE ME FAIRE REPÉRER. ET JE NE PEUX PAS IMPLIQUER LA BANQUE DANS CETTE HISTOIRE.
RESTE...

TU AS TROUVÉ QUELQUE CHOSE ?
RIEN POUR LE MOMENT.
L'AUTRE PISTE QU'ON POURRAIT SUIVRE...
EST CELLE DE SES COMPTES BANCAIRES. ENCORE FAUDRAIT-IL QU'IL AIT LAISSÉ DES PREUVES.
ON EN EST AU STADE DES CONJEC-TURES.

JE ME SUIS PEUT-ÊTRE FAIT DES IDÉES.
JE NE CROIS PAS. JE ME SUIS RENSEIGNÉ SUR LUI. IL NE PEUT PAS SE PAYER CETTE VOITURE OU CET HÔTEL AVEC SES REVENUS.
NS化学
JE PENSE QU'IL Y A QUELQUE CHOSE DE LOUCHE.
MAIS, COMME TU L'AS DIT, SES RESSOURCES NE SONT PEUT-ÊTRE PAS RÉFÉRENCÉES DANS NOTRE BANQUE.
IL A TROUVÉ UN PETIT BOULOT ? VENDEUR DE BONBONS ?
AH AH
DANS CE CAS, ON DOIT VÉRIFIER SON PORTEFEUILLE DE TITRES. IL SE REND PEUT-ÊTRE COUPABLE DE DÉLIT D'INITIÉ SUR LES ACTIONS.
TU CROIS QU'IL AURAIT LES TRIPES POUR FAIRE UNE CHOSE PAREILLE ?
JE NE CROIS PAS, MAIS...

*Ndt : proposition faite au public de rachat, échange de titres.

TU VOIS. LES CHIFFRES SONT ANORMAUX. ILS AUGMENTENT JUSTE AVANT LA SIGNATURE DU CONTRAT DE CONFIDENTIALITÉ.
SI ON AVAIT CONTINUÉ DE FAIRE AVANCER LE PROJET SANS LE SAVOIR, ON AURAIT FINI PAR AVOIR DES PROBLÈMES.

KAMIYA ?
J'AI GAGNÉ.

C'EST VRAI.

SALUT.

SALUT.
AU FAIT, POUR TOUT À L'HEURE...

DÉSOLÉ DE T'AVOIR VEXÉ.
JE N'OSAIS PAS DIRE QUE JE VOULAIS RESTER AVEC TOI.
PARDON.

CLAC
ガチャン
HA...

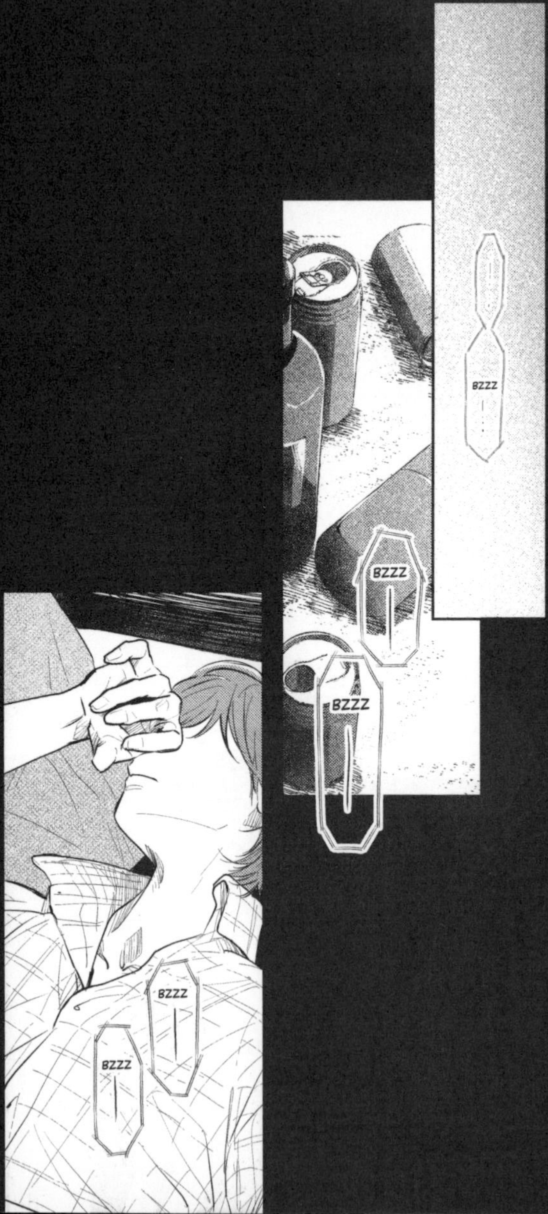
BZZZ
BZZZ
BZZZ
BZZZ
BZZZ

Alarme
Shiho - 13:00
AH OUI...
C'EST VRAI...
PSHHH
J'AI UNE SALE TÊTE.
JE VOULAIS QUE NOTRE RELATION S'ARRÊTE, POURTANT.

…
ボスッ
FRSHHH

SHIHO ?
JE SUIS EN CHEMIN.
AH BON ?
NON, C'EST BON.
AMÈNE-LE AU CAFÉ. JE DEMANDERAI UN BOX PRIVÉ.
OK. À TOUT À L'HEURE.
«Nous n'aurons plus que des relations de travail.»

PARDON, SHIHO !
JE T'EN SUPPLIE, OUBLIE CETTE IDÉE DE DIVORCE ET REVIENS AVEC MOI !
C'EST TELLEMENT FACILE...
J'EN AI MARRE DE TES EXCUSES À DEUX SOUS !
C'EST ÉVIDENT QUE TU PENSES QU'EN ME SUPPLIANT, JE TE PARDONNERAI DE M'AVOIR TROMPÉE.
TU TE FAIS DES IDÉES ! JE N'AI FAIT QUE MANGER AVEC ELLE.
TU TE FICHES DE MOI ? J'AI DES TAS DE PREUVES !
TU VAS ME LE PAYER CHER EN DOMMAGES ET INTÉRÊTS, TU PEUX ME CROIRE !

TU...
TU AS AUSSI TES MAUVAIS CÔTÉS, POURQUOI JE SUIS LE SEUL QU'ON ACCUSE ?
LE MASQUE TOMBE ! TU N'ES PAS DU TOUT DÉSOLÉ.
JE REFUSE DE RESTER AVEC UN TYPE COMME TOI !
JE N'AURAIS JAMAIS DÛ T'ÉPOUSER !
J'AURAIS DÛ MIEUX RÉFLÉCHIR !
ILS AGGRAVENT MON MAL DE CRÂNE...
C'EST PLUTÔT À MOI DE DIRE ÇA !
C'EST DE TA FAUTE SI ON N'A PAS D'ENFANTS !
SI ON EN AVAIT EU, JE NE SERAIS PAS...

BAM
CLAC
QUE SE PASSE-T-IL, MESSIEURS-DAME ?
J'ai entendu un gros bruit.
PARDON, TOUT VA BIEN.
CE MONSIEUR A JUSTE GLISSÉ.
C'EST TOI QUI A GLISSÉ, N'EST-CE PAS ?

OU BIEN...
ON MÈNE L'ENQUÊTE POUR CLARIFIER LES CHOSES ?
PARDON, GRAND FRÈRE.
ET MERCI.

JE ME SENS PLUS LÉGÈRE.
MOI AUSSI.
JE N'AURAIS JAMAIS CRU QUE TU LE FRAPPERAIS. TU M'AS SURPRISE.
JE CROIS QUE J'AI SUBI UNE MAUVAISE INFLUENCE.

EPISODE— 9

MERCI POUR AUJOURD'HUI.
CE N'EST RIEN.
N'HÉSITE PAS À M'APPELER EN CAS DE PROBLÈME.
HI HI
ENTENDU, JE LE FERAI.
PARDON DE T'AVOIR EMBÊTÉ ALORS QUE TU ES TRÈS OCCUPÉ.
TU M'EN CAUSES, DES SOUCIS.
HA HA HA
À BIENTÔT.
À BIENTÔT.

BON.
JE VAIS ALLER RAFRAÎCHIR CETTE MAIN.
J'ai mal.
鎮痛・消炎
4種の有効成分配合
患部に直接効く

C'EST LA DEUXIÈME FOIS QUE J'EN VIENS AU MAINS EN PEU DE TEMPS.
Quel idiot.
«Dis-le moi, la prochaine fois que tu veux frapper quelqu'un.»

......
JE N'Y PEUX RIEN.

SPORTS &

Bon, je vais réunir les documents pour l'exposé de demain.
Je vais aussi réunir des preuves pour mon enquête.
DIRE QUE JE VAIS AU TRAVAIL MÊME LE DIMANCHE.
JE NE PEUX M'EN PRENDRE QU'À MOI-MÊME.
第一銀行
BONJOUR.
KATÔ, QUE FAITES-VOUS ICI ?

BIP
ピッ
J'ÉTAIS ENFERMÉ DEHORS.
JE VOIS.
AH.
.....
AH, BONJOUR M. KAMIYA.
MATSUDA ÉTAIT LÀ, VOUS AURIEZ PU LUI DEMANDER DE VOUS OUVRIR.
VOUS ÊTES COLLÈGUES APRÈS TOUT.
EH BIEN...
OUI, TU AURAIS PU ME LE DEMANDER, KATÔ !
On est juste des collègues, c'est tout !

Espèce de cafteur !
C'est la vérité, tu m'as enfermé dehors.
Sors-toi de mes pattes et rentre chez toi !
Mais je t'aide.

JE VAIS TRAVAILLER DANS LA SALLE DE RÉUNION. VOUS POUVEZ RENTRER.
ENTENDU.
ET PUIS...
UNE ENTENTE CORDIALE EST PRIMORDIALE...
ENTRE COLLÈGUES.
ENTENDU...
C'est un ordre du chef.
On doit bien s'entendre.
Idiot !
Il a dit «cordiale».
Idiot !

* Ndt : environ 500 000 euros.

CLAC
MAIS QU'EST-CE QUE JE FAIS ?

Allô ?
Quoi ? Je dois acheter des poireaux et du tofu en rentrant ?
Mais, je... Bon, entendu...
Et je fais ça quand il y a du monde à côté...
LES MURS SONT VRAIMENT FINS. ON DOIT ENTENDRE NOS RÉUNIONS.
LES INFOR-MATIONS...

営業第一部
Sales Division I
営業第二部
Sales Division II
2504B
TOC コン
TOC コン
ENTREZ.
TCHAC ガチャ
M. KAJI EST ICI.
FAITES-LE ENTRER.
!

バタン
CLAC
M. KAJI, VOS CHEVEUX...
Pfff
Hé.
TU ME CONVOQUE TÔT LE MATIN ET TU M'ACCUEILLES EN REGARDANT TON TÉLÉPHONE. BRAVO.
PARDON, C'EST MA SŒUR.

CLAC
ガタ

TU PEUX CONTI-NUER.
J'ATTEN-DRAI.
C'EST BON, J'AI FINI.
ON COMMENCE, ALORS ?
OUI...
TU AS RAISON.
QUOI ?

HEIN ?
RIEN.
TU AS COUPÉ TES CHEVEUX COURTS, DIS DONC.
BREF...
SI JE T'AI FAIT VENIR, C'EST POUR TE DEMANDER CONSEIL À PROPOS DE NOTRE AFFAIRE.
JE LES AI COUPÉS PARCE QUE TU AS DIT QUE TU PRÉFÉRAIS LES CHEVEUX COURTS.

JE BLAGUE.
BON...
QUE COMPTES-TU FAIRE, ALORS ?
L'enfoiré.
Où est Kamiya ?
Il est en réunion.
JE VOIS.

C'EST PEUT-ÊTRE UN BON MOYEN.
JE REFUSE DE VOIR MES BÉNÉFICES DIMINUÉS OU GELÉS À CAUSE DE CE TYPE.
ÇA VAUT LE COUP D'ESSAYER. J'EN SUIS.
JE T'EN REMERCIE.
QUI EST AU COURANT EN HAUT ?
JE LEUR EN PARLERAI SI ÇA NE MARCHE PAS.

JE SUIS EN DÉPLACEMENT JUSQU'À 15H. ORGANISE ÇA POUR APRÈS MON RETOUR.
ENTENDU. JE TE CONTACTE DÈS QUE L'HEURE EST FIXÉE.
MERCI.
C'est mieux comme ça.

M. TANIGUCHI VA ARRIVER À 16H.
JE VAIS REMONTER.
J'AI FINI DE MANGER.
AU FAIT...
M. KAJI A COUPÉ SES CHEVEUX.
OUI, J'AI VU ÇA !
IL ÉTAIT PLUTÔT CALME CE MATIN. IL LUI EST ARRIVÉ QUELQUE CHOSE ?
Hum
JE PENSE QUE C'EST PARCE QU'IL DEVAIT DÉJEUNER AVEC LES RESPON-SABLES.
IL Y AVAIT LEUR SE-CRÉTAIRE AUSSI.

AH, LA BELLE SECRÉTAIRE ? SHIRAÏSHI, C'EST ÇA ?
OUI.
ELLE EST TRÈS BELLE. MAIS ELLE EST UN PEU ÂGÉE, NON ?
ELLE EST À PEU PRÈS DU MÊME ÂGE QUE M. KAJI.
VRAIMENT ?
ELLE EST CÉLIBATAIRE, JE CROIS. ELLE A TROP FAIT LA FINE BOUCHE.
NON, TU SAIS ELLE ÉTAIT AVEC LE BANQUIER…
AH SON HISTOIRE ADULTÈRE ? ÇA CONTINUE ?
NON, ILS SE SERAIENT SÉPARÉS ET ELLE CHERCHERAIT À SE MARIER.
MAIS ELLE EST BELLE ET BIEN ÉLEVÉE. ILS DEVRAIENT PARVENIR À SE METTRE D'ACCORD, JE PENSE.
Quelles commères.
M. KAJI EST PARFAIT POUR ELLE. IL FAIT PARTIE DE L'ÉLITE ET EN PLUS IL EST JUSTEMENT DIVORCÉ.
HA HA HA
POURQUOI, «JUSTEMENT» ?

MAIS IL Y A PEUT-ÊTRE DU VRAI LÀ-DEDANS. IL PARAÎT QU'IL A RACCOMPAGNÉ SHIRAÏSHI APRÈS DES DÎNERS D'AFFAIRE.
SI ÇA SE TROUVE, ILS VONT SE MARIER DU JOUR AU LENDEMAIN !
TU CROIS QU'ON SERA INVITÉES ?
JE DOIS FAIRE UN RÉGIME AU CAS OÙ.
HA HA HA

Salle d'attente
TAC
JE VOUS LAISSE PATIENTER.
JE VOUS REMERCIE.
Salle d'attente
IL EST ENTRÉ.
ON DIRAIT.

S'IMPATIENTE
AU FAIT, LA SOCIÉTÉ B POURRAIT BIEN...
CHANGER DE POLITIQUE DE SUCCESSION.
À PROPOS DE L'OFFRE PUBLIQUE ?
OUI, IL SEMBLERAIT QU'ILS VEUILLENT RÉDUIRE LE COÛTS ET ANNULER LA VENTE.
ON NE POURRAIT PLUS RÉSERVER LES ACTIONS ? EST-CE QUE ÇA IRA ? IL Y A UNE RUMEUR SELON LAQUELLE LA PRIME DE CONVERSION SERAIT INSTABLE.
JE PLAINS LEURS EMPLOYÉS.
BAH, ON NE SERA PLUS EN CHARGE DU DOSSIER À CE MOMENT-LÀ. ÇA NE NOUS REGARDE PAS.
AU FAIT, CETTE DISCUSSION N'A JAMAIS EU LIEU. C'EST UNE CONNAISSANCE À MOI QUI M'EN A PARLÉ SOUS LE SCEAU DU SECRET.
ENTENDU. IL EST 16 HEURES, ON DOIT Y ALLER.
JE DOIS DEMANDER À LA RÉCEPTIONNISTE OÙ ÇA SE PASSE.
Salle d'attente

TOC TOC
SURSAUTE
CLAC
EXCUSEZ-NOUS DE VOUS AVOIR FAIT ATTENDRE.
CE N'EST RIEN...
VEUILLEZ NOUS EXCUSER DE VOUS AVOIR FAIT VENIR JUSQU'ICI.
NOUS PENSIONS COMPARER UN PEU NOS NOTES AVANT LA RÉUNION.
MAIS DITES-MOI...
OUI ?
QUELLE BELLE MONTRE VOUS AVEZ.

DING
チーン
EN VOUS REMERCIANT DE VOTRE VISITE.
IL VA AGIR.
OUI.

JE NE PENSAIS PAS QUE LES MURS ÉTAIENT SI FINS.
La banque a pris des risques.
À L'ORIGINE, LES DEUX PIÈCES NE FAISAIENT QU'UNE. ON LES A SÉPARÉES AVEC UN MUR EN PLÂTRE.
C'EST UNE PIÈCE SPÉCIALE POUR LES VISITEURS.
Peu de gens sont au courant.
TU M'AS VRAIMENT ÔTÉ UNE ÉPINE DU PIED. JE N'AURAIS PAS PU IMPLIQUER DES SUBALTERNES.
MERCI.

DÉSOLÉ.

EPISODE 10

... SIEUR ?
MONSIEUR ?
ENTENDU, J'EXPLIQUERAI ÇA AU CHEF.
MERCI.
VOUS IREZ QUAND MÊME DEMAIN SUIVRE VOTRE STAGE DE DEUX JOURS ?

OUI.
L'AUDIT COMMENCERA LA SEMAINE PROCHAINE, CE STAGE EST D'AUTANT PLUS IMPORTANT.
JE VAIS DONC PRÉPARER TOUS LES DOCUMENTS POUR VOTRE RETOUR.
JE COMPTE SUR VOUS.
ENSUITE, CONCERNANT LA DEMANDE DE LA SOCIÉTÉ K. J'AI FAIT DES RECHERCHES ET J'AI TROUVÉ QU'IL S'ÉTAIT PRODUIT LE MÊME GENRE DE CHOSES L'AN DERNIER AVEC UN NOUVEAU PRODUIT.
AVEC QUI ?
UNE FIRME DONT L'ÉQUIPE DE M. MIYAGAWA ÉTAIT EN CHARGE.
ET L'ÉQUIPE RESPONSABLE DE LA FUSION-ACQUISITION ÉTAIT CELLE DE M. KAJI.
J'IRAI LEUR PARLER.

営業第一部
Sales Division I
M. MIYAGAWA EST PARTI.
C'EST TÔT. UN RENDEZ-VOUS EXTÉRIEUR ?
NON, IL DEVAIT RENTRER CHEZ LUI.
JE VOIS.
KATÔ, VOUS AVEZ TRAITÉ CETTE AFFAIRE ?
OUI.
MAIS C'EST LA SECTION FUSION-ACQUISITION QUI S'EST CHARGÉE DES DÉTAILS.

TIENS, M. KAJI EST JUSTEMENT LÀ. NOUS LUI DEMANDONS ?
!
NON, C'EST BON.

JE REVIENS.
KATÔ.
QUE VOULAIT KAMIYA ?
IL VOULAIT DEMANDER UN RENSEIGNEMENT À M. MIYAGAWA.
.....

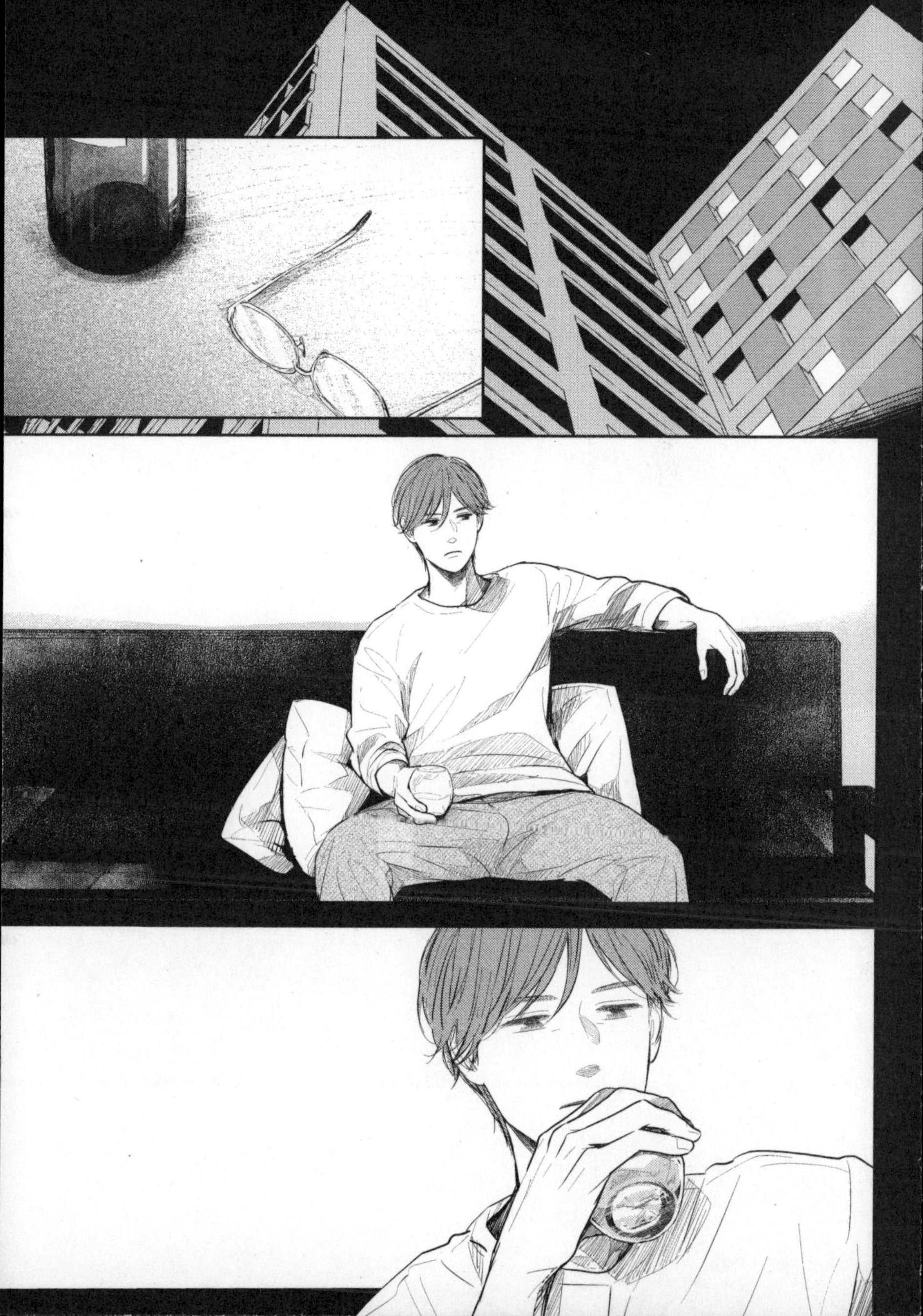

Il aurait mieux valu qu'on ne se revoie pas.
Comme ça, j'aurais pu l'oublier.

一銀行 研修施設
Stage
PLACEMENT
Takahashi
Kamiya
Hagihara
Akiyama
Tôgawa
Noguchi
Kaji
IL FALLAIT BIEN SÛR QU'ON SOIT DANS LA MÊME SESSION...
BONJOUR, KAMIYA !
ÇA FAISAIT LONGTEMPS !

TU N'AS PAS CHANGÉ.
JE SUIS EN PLEIN RÉGIME ET JE DOIS FAIRE DU YOGA ET MA FEMME ME FORCE À FAIRE DE LA GYM LE WEEK-END.
HA HA
TU TE VANTES POUR MONTRER QUE TU ES AIMÉ ?
KAJI N'EST PAS ENCORE LÀ ?
J'AURAIS AIMÉ QUE KAJI VIENNE AUSSI.
MOI AUSSI. J'ESPÈRE QUE SON PÈRE VA BIEN.
QUOI ?

TU N'ES PAS AU COURANT ? IL A APPELÉ CE MATIN AU TRAVAIL.
IL EST RENTRÉ CHEZ LUI PARCE QUE SON PÈRE A EU UNE ATTAQUE ET A ÉTÉ HOSPITALISÉ.
SA FAMILLE A SA PROPRE ENTREPRISE.
ON DIT QU'IL POURRAIT FAIRE COMME SHIMADA ET IGUCHI QUI SONT RETOURNÉS DANS LEURS FAMILLES ET ONT REPRIS LES AFFAIRES FAMILIALES.
CE GENRE DE SITUATION SE PRODUIT SOUVENT EN CE MOMENT.
C'EST VRAI QU'ON EST EN ÂGE DE REPRENDRE LES AFFAIRES FAMILIALES.
Je vois.

Il est possible que je ne le revoie plus.
わはは
HA HA HA
あはは
HA HA HA
ÇA FAIT DU BIEN !
飲め飲め〜
ALLEZ, BUVEZ !
ハハハ
HA HA HA
ワイワイ
OUAIS !
ガヤガヤ
BLA BLA
ガチャ
TCHAC

«Miyagawa, tu as appris pour Kaji ?»
«Oui, il a appelé ce matin pour dire qu'il ne pourrait pas venir à la réunion de ce matin.»
«Tu ne me l'as pas dit quand on s'est vus.»
«Désolé...
il m'a dit de ne pas t'en parler.»
Kaji
«Il ne voulait pas que tu t'inquiètes.»

Ça va ?
Appelle-moi si tu as le temps.

BZZZ
BZZZ
Kaji
BIP
TU M'AP-PELLES ALORS QUE TON PÈRE EST AU PLUS MAL ?
Miyagawa te l'a dit ?

C'est Takahashi qui m'en a parlé.
Tu n'avais pas besoin de me cacher que tu allais être absent, M. L'intoxiqué au travail.
JE TE LE RÉPÈTE, JE NE SUIS PAS INTOXIQUÉ.
Mais oui, bien sûr. Tu ne devrais pas être au chevet de ton père ?
Comment va-t-il ?
HOTEL station front
IL VA DEVOIR RESTER HOSPITALISÉ QUELQUES TEMPS, MAIS IL EST CONSCIENT.
L'HEURE DES VISITES EST PASSÉE DONC J'AVAIS UN PEU DE TEMPS. IL N'Y A PAS EU DE PROBLÈMES DE VOTRE CÔTÉ ?

HA HA
QUI VIENT DE DIRE QU'IL N'ÉTAIT PAS INTOXIQUÉ AU TRAVAIL ?
.....
Je ne dois plus t'appeler en dehors du travail, non ?
Ça ne s'applique qu'à toi.
Moi je fais comme je veux.
TU N'EN FAIS QU'À TA TÊTE.
TU RECOMMENCES.

Merci de discuter avec moi.
JE SUIS TOUT SEUL, SANS TRAVAIL POUR M'OCCUPER L'ESPRIT ET LES PENSÉES TOURNENT DANS MA TÊTE.
JE NE SAIS PLUS QUOI FAIRE.
ON PEUT PARLER ENCORE UN PEU ?

OÙ ES-TU ?
Je suis à l'hôtel près de l'hôpital.
Il est à côté de la gare, c'est plutôt pratique.
REPOSE-TOI ET PIQUE UN SOMME.
PARCE QUE JE SUIS LÀ DANS 3 HEURES.

HEIN ?
QU'EST-CE QUE TU RACONTES ? TU ES EN STAGE, NON ?
TU DEVIENS SÉRIEUX, MAINTENANT ?
JE PEUX TRÈS BIEN Y ALLER UN AUTRE JOUR. ÇA NE POSE PAS DE PROBLÈME.
JE N'AURAIS PAS DÛ TE PARLER COMME JE L'AI FAIT. JE T'AI CAUSÉ DU SOUCI INUTILE.
RASSURE-TOI, JE NE SUIS PAS INQUIET POUR TOI.
Hein ?
新幹線のりば

NIGATA
Niigata
21:35 Maxとき
回送
J'AI JUSTE ENVIE D'ÊTRE AVEC TOI.

JE N'AURAIS JAMAIS CRU QUE TU VIENDRAIS.
EH BIEN, TU FAIS HONNEUR À TA SECTION...
TU ES TRÈS RÉACTIF.

IL EST PARFOIS PLUS FACILE DE FAIRE UNE PROPOSITION INTÉRESSANTE DE VIVE VOIX.
JE SUIS DE LA VIEILLE ÉCOLE.
SE PARLER AU TÉLÉPHONE NE SUFFIT PAS.

JE NE SUIS REVENU ICI QUE QUELQUES FOIS DEPUIS QUE JE SUIS PARTI, QUAND J'AVAIS 18 ANS.

ET CHAQUE VISITE REPRÉ-SENTE DE MAU-VAIS SOUVENIRS PARCE QUE JE REVIENS SEULE-MENT QUAND IL Y A UN PROBLÈME, COMME AUJOURD'HUI.
IL Y A MÊME UNE FOIS OÙ JE ME SUIS VIOLEMMENT DISPUTÉ AVEC MA FEMME ICI AVANT NOTRE DIVORCE.
MAIS...
J'AI APPRÉCIÉ LE MOMENT OÙ JE T'AI ATTENDU ICI.
QUEL ROMANTIQUE TU FAIS.

JE VAIS, MOI AUSSI, ARRÊTER DE ME PRENDRE LA TÊTE.
PEU IMPORTE CE QU'IL ADVIENDRA.
ET CE, MÊME SI NOUS DEVONS UN JOUR NOUS EN MORDRE LES DOIGTS.
J'Y RÉFLÉCHIRAI LE MOMENT VENU.

KAJI..
JE T'AIME.
MOI AUSSI..

TAGADAM
Mise en place
HOTEL
CRIC
HMMM

HMMM

HAA...
TON PÈRE SERAIT FURIEUX S'IL APPRENAIT CE QUE TU FAIS ALORS QU'IL EST À L'HÔPITAL.
TU SAIS, JE NE SUIS PAS DU GENRE À RACONTER MA VIE SEXUELLE.
JE SUIS HEUREUX DE L'APPRENDRE.

TU COMPTES REVENIR VIVRE ICI DANS LE FUTUR ?
J'HÉSITE.
À CAUSE DE TON EMPLOI ACTUEL ?
IL Y A DE ÇA.
MAIS JE SUIS AUSSI UN PEU STRESSÉ À L'IDÉE DE REPARTIR DE ZÉRO À MON ÂGE.

ÇA NE TE RESSEMBLE PAS DE DIRE CE GENRE DE CHOSE. AIE CONFIANCE EN TOI.
C'EST LA PREMIÈRE FOIS QUE JE DIS À QUELQU'UN QUE JE L'AIME.
TU RIGOLES, LÀ ?
J'AI TOUJOURS EU DU SUCCÈS.
Je n'avais qu'à me servir.

MAIS C'EST AUSSI AGRÉABLE DE SE DÉCLARER, POUR UNE FOIS.
Allez, on dort.
.....
BAM がばっ
HA !
QUOI ?
JE CROIS QUE VAIS TE CROIRE JUSTE À MOITIÉ.
QUELLE CONFIANCE !

Rapport provisoire
JE SUIS DÉSOLÉE, NOUS AVONS VENDU TOUS NOS GÂTEAUX DE LA JOURNÉE.
JE SUIS NAVRÉE, NOUS NE DÉLIVRONS QUE LES COMMANDES, AUJOURD'HUI.
MART
Merry Christmas!
MÊME LES SUPÉRETTES SONT EN RUPTURE DE STOCK.
JE N'AURAIS JAMAIS CRU QUE C'ÉTAIT AUSSI COMPLIQUÉ D'ACHETER UN GÂTEAU À NOËL. J'ABANDONNE ET JE RENTRE.

En plus, en y réfléchissant, c'est toujours moi qui en mange la plus grosse partie.
TCHAC
ガチャ
?
TE VOILÀ.
QUE FAIT-ON POUR LE REPAS DE CE SOIR ? ON VA MANGER DEHORS ?

IMPOSSIBLE SANS AVOIR RÉSERVÉ AU PRÉALABLE, CE SOIR.
J'AI ACHETÉ DE LA SALADE ET DE LA VIANDE. JE VAIS BRICOLER DE QUOI MANGER.
KLANG
バコッ
UNE ODEUR SUCRÉE...
JE N'AI PAS PU ACHETER DE GÂTEAU, ALORS J'AI VOULU EN FAIRE UN.
MANIFESTEMENT, LES GÂTEAUX ÉPONGE SONT DIFFICILES À FAIRE ET IMMANGEABLES SI ON SE RATE.

TU N'AIMES MÊME PAS LES GÂTEAUX.
NOËL RIME AVEC GÂTEAU DE NOËL, NON ?
C'EST VRAI.

J'IGNORAIS QUE TU SAVAIS FAIRE DES PANCAKES.
QUAND J'ÉTAIS À L'ÉTRANGER, JE CUISINAIS SOIT DES PANCAKES, SOIT DES PIZZAS.
AH BON...
IL Y A ENCORE BIEN DES CHOSES QUE J'IGNORE SUR TOI.
MOI AUSSI..
J'IGNORAIS QUE TU ÉTAIS AUSSI ADORABLE.
FIN

Toi ? Tu m'aimes ? 2

HANA BOOK

www.boys-loves.fr

Traduit du japonais par Vanessa Gallon
Maquette : Pierrick Gontero
Responsable Editorial& Production : Tony Mr P

Dépot légal : Juin 2021
ISBN 978-2-38276-067-3
ISSN 2743-4435

Imprimé par GZ Digital Media as